CANTIQUES

POUR

LA PREMIÈRE COMMUNION.

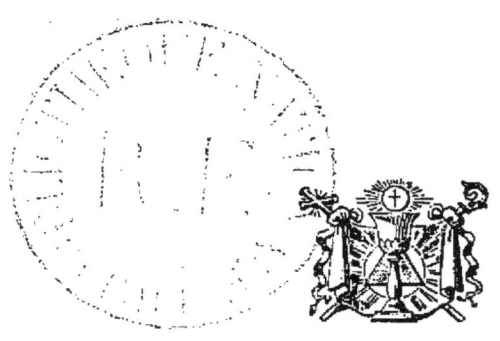

TOULON,

IMPRIMERIE DE F. MONGE ET COMP.,

RUE DE LA MISÉRICORDE, 6.

1850.

7

CANTIQUES FRANÇAIS.

AVANTAGES
DE LA RETRAITE.

Plaisirs inouïs ,
Paix la plus parfaite ,
Ce sont là tes fruits ,
Charmante retraite :
Monde, je romps tes liens ,
Pour goûter de si grands biens.

C'est dans ce saint lieu
Que le ciel m'appelle ,
Pour plaire à mon Dieu ,
J'y cours avec zèle ;
C'est là que mon Rédempteur
Veut s'assurer de mon cœur.

Quel ardent amour
Vous fîtes paraître ,
Pour ce beau séjour,
Saint et divin Maître !
Le désert fit vos plaisirs ,
Et remplit tous nos désirs.

Tous les bienheureux
L'ont aimé de même ;

J'en ferai comme eux ,
Mon bonheur suprême ;
Qui veut cesser de pécher,
Dans son sein doit se cacher.

Mes besoins , mes maux
Me disent sans cesse ,
Vas dans le repos
Chercher la sagesse ;
C'est dans le recueillement
Qu'on la trouve sûrement.

Précieux séjour,
Aimable retraite :
Ici chaque jour ,
Sans être distraite,
Mon âme dans son Sauveur,
Trouvera tout son bonheur.

De mon Créateur.
J'y vois la puissance,
De mon Rédempteur,
L'insigne clémence ,
Et de mon juge irrité ,
La sévère autorité.

Mes crimes nombreux ,
S'offrent à ma vue ;
Ah ! qu'ils sont affreux !
J'en ai l'âme émue :
Je ne vois que châtiment ,
Si je ne change à l'instant.

D'un pervers qui meurt
L'image effrayante,
D'un juge vengeur
La voix foudroyante,
Troublent mon cœur tour-à-tour,
Et m'alarment nuit et jour.

L'enfer, à mes yeux,
Sous mes pieds s'entr'ouvre,
Mille maux affreux,
Ma foi m'y découvre,
Ah ! trop tard j'ai médité
La terrible éternité.

Je frémis des coups
D'un Dieu redoutable ;
Mais, Ciel ! qu'il est doux,
Qu'il se rend aimable,
Quand, par un vrai repentir,
On veut à lui revenir.

Touché de mes pleurs,
Père, il me pardonne ;
De mille faveurs,
Sa main me couronne ;
Quelle ineffable bonté !
Ah ! j'en suis tout transporté.

Heureux les chrétiens,
Qui dans la retraite,
Des célestes biens
Cherchent la conquête,

Après avoir mérité
Les feux de l'éternité.

Pour bien profiter
De ces exercices,
Il faut s'écarter
Du monde et des vices,
Et sonder avec vigueur
Tous les replis de son cœur.

Priez constamment,
Gardez le silence,
Voilà sûrement
L'unique science
Pour recueillir dans ce saint temps
Les fruits les plus abondans.

Apprenons donc tous,
Chrétiens, à nous taire,
Tandis que dans nous
L'Esprit-Saint opère;
Taisons-nous pour écouter
Un Dieu qui veut nous parler.

Venez donc, pécheurs.
Venez aux retraites,
Laver dans vos pleurs
Vos taches secrètes.
Venez tous dans ce saint lieu,
Goûter les bienfaits de Dieu.

POUR L'APPROCHE DU JOUR DE LA PREMIÈRE COMMUNION.

Quel doux penser me transporte et m'enflamme !
O mon Jésus, c'est vous que j'aperçois ;
Trois jours(*) encore, et je vais dans mon âme
Vous posséder pour la première fois !

Chœur.

Quoi ! dans trois jours vous viendrez dans mon âme,
La posséder pour la première fois !

Ah ! bienheureux le cœur tendre et fidèle !.....
Mais qu'il s'en faut, Seigneur, que je le sois !
Et je pourrais, insensible et rebelle,
M'unir à vous pour la première fois !
Chœur. Quoi ! dans trois jours, etc.

Mais qu'ai-je dit ? sa bonté m'encourage,
De mes péchés je ne sens plus le poids.
Ah ! dans trois jours, achevez votre ouvrage,
Venez à moi pour la première fois.
Chœur. Quoi ! dans trois jours, etc.

Agneau sans tache, immolé pour le monde,
Vous le sauvez en mourant sur la croix.

(*) Six, cinq.... deux jours.

C'est sur vous seul que mon espoir se fonde :
Venez à moi pour la première fois.
  Chœur. Quoi! dans trois jours, etc.

  Festin du ciel, pain sacré, chair divine,
Par mes désirs déjà je vous reçois.
Mon doux Jésus à mon cœur les destine ;
C'est dans trois jours pour la première fois.
  Chœur. Quoi! dans trois jours, etc.

  Un faible enfant, et le Dieu de puissance !....
A votre amour vous cédez, je le vois.
Confus, ravi, transporté, je m'avance ;
Venez, mon Dieu, pour la première fois.
  Chœur. Quoi! dans trois jours, etc.

AVANT LA COMMUNION.

  Mon bien-aimé ne paraît pas encore,
Trop longue nuit, dureras-tu toujours?
  Nuit que j'abhorre, hâte ton cours ;
Rends-moi Jésus, ma joie et mes amours.
Pour être heureux, je n'attends que l'aurore.

  De ton flambeau déjà les étincelles,
Astre du jour, raniment mes désirs,
  Tu renouvelles tous mes soupirs.
Servez mes vœux, avancez mes plaisirs ;
Anges du ciel, portez-moi sur vos ailes.

Je t'aperçois, asile redoutable,
Où l'éternel descend de sa grandeur;
Temple adorable du Rédempteur,
Si dans tes murs il voile sa splendeur,
Ce Dieu d'amour n'en est que plus aimable.

Sans nul éclat le vrai Dieu va paraître;
De cet autel il vient s'unir à moi.
Est-ce mon maître? est-ce mon roi?
Laissez, mes yeux, laissez agir ma foi;
Un œil chrétien ne peut le méconnaître.

Du roi des rois je suis le tabernacle,
Oui, de mon cœur un Dieu devient l'époux.
Charmant spectacle, espoir trop doux!
Rendez, grand Dieu, mon cœur digne de vous;
Votre amour seul peut faire ce miracle.

Je m'attendris sans trouble et sans alarmes;
Amour divin, je ressens vos langueurs,
Heureuses larmes, aimables pleurs,
Oh! que mon cœur y trouve de douceurs!
Tous vos plaisirs, mondains, ont-ils ces charmes?

Tristes penchans, malheureux fruit du crime,
C'est vous qu'il veut que j'immole à son choix,
Ce Dieu m'anime, suivons ses lois:
Parlez, Seigneur, j'écoute votre voix;
Mon cœur est prêt, nommez-lui la victime.

Ce pain des forts soutiendra mon courage,
Venez, démons, de mon bonheur jaloux;
Que votre rage vous arme tous;

1.

Je ne crains point vos plus terribles coups;
De ma victoire un Dieu devient le gage.

Il me remplit d'une douce espérance,
Qui me suivra plus loin que le trépas,
　Si sa puissance soutient mon bras.
C'est peu pour lui d'animer mes combats,
Il veut encore être ma récompense.

Pour un pécheur que sa tendresse est grande !
Qu'elle mérite un généreux retour !
　Dieu ! qu'elle offrande pour tant d'amour !
Prenez mon cœur, je vous l'offre en ce jour,
Ce cœur suffit, c'est tout ce qu'il demande.

AUTRE.

O jour heureux pour moi !
Celui que mon cœur aime,
Jésus mon divin roi
Daigne enfin dans moi-même
　Venir.
Quel plus doux plaisir !

Hé quoi ! le Créateur,
L'auteur de la nature,
A moi, pauvre pécheur,
Servir de nourriture !
　O cieux !
Que je suis heureux !

Par un excès d'amour
Vous vous donnez vous-même ;
Par un juste retour ,
Grand Dieu , que je vous aime !
    Mon cœur ,
  Goûte ton bonheur.

Hors de vous , ô Jésus ,
Objet de ma tendresse ,
Rien ne me touche plus ;
Que je brûle sans cesse
    Pour vous !
  Rien ne m'est si doux.

O Dieu de pureté ,
Rendez mon âme pure ;
Que nulle iniquité
N'y porte sa souillure :
    La mort !
  Plutôt qu'un tel sort.

Que je sois affamé
De vous , vrai pain de vie ;
Que dans vous transformé ,
Moi-même je m'oublie ;
    Venez ,
  Et dans moi régnez.

SAINTE MESSE.

A l'Introït.

Pleins d'un respect mêlé de confiance ,
  Qu'excite en nous, Seigneur, votre présence,
Connaissant qu'à vos yeux nous sommes criminels ,
Nous cherchons un asile aux pieds de vos autels.

Au Confiteor.

Oui, devant vous, Dieu saint, Dieu redoutable,
  Nous confessons que tout homme est coupable ;
Mais voyant que nos cœurs sont vivement tou-
  chés ,
Daignez, par votre grâce, effacer nos péchés.

Le Prêtre montant à l'autel.

Vous ne voyez en nous aucun mérite,
  Mais tout le ciel pour nous vous sollicite ;
Seigneur, prêtez l'oreille à tant d'intercesseurs,
Et rendez-vous aux vœux qu'ils font pour des pé-
  cheurs.

A l'Epître.

Eclairez-nous d'une lumière pure,
  Pour pénétrer le sens de l'Ecriture ;
Ou plutôt augmentez dans nos esprits la foi ,
Et soumettez nos cœurs à votre sainte loi.

A l'Evangile.

Nous recevons avec un cœur docile
Les vérités que contient l'Evangile,
Et nous voulons, Seigneur, jusqu'au dernier mo-
ment,
Faire ce qu'il ordonne, et fuir ce qu'il défend.

Au Credo.

Avec respect et d'une voix soumise,
Nous écoutons ce qu'enseigne l'Eglise,
C'est vous qui lui parlez, suprême vérité ;
Notre raison se rend à votre autorité.

A l'Offertoire.

Nous vous offrons le sang d'une victime
Qui seule peut expier notre crime ;
Et quoique votre bras soit levé contre nous,
Elle peut désarmer votre juste courroux.

Agréez donc un si grand sacrifice,
Et rendez-vous à tous nos vœux propice.
Le sang que votre fils répandit sur la croix,
Vous parle ici pour nous, écoutez-en la voix.

A la Préface.

Pour célébrer dignement vos louanges,
Nous nous joignons, Seigneur, avec vos anges.
Ces heureux habitans du céleste séjour
Viennent tous à l'envie vous faire ici la cour.

Que par leurs chants nos voix soient animées :
Chantons : Saint, Saint , Saint le Dieu des armées.
Grâces à ses bontés , nous avons un Sauveur ;
Béni celui qui vient de la part du Seigneur !

Du Sanctus à l'Élévation.

Ce Dieu Sauveur parmi nous va descendre ;
C'est son amour qui l'oblige à s'y rendre :
Oui , parce qu'il nous aime , à la voix d'un mortel
Il obéit sans peine , et se rend sur l'autel.
Venez , Seigneur, hâtez-vous de paraître ,
Pour nous servir de victime et de prêtre.
Nos vœux sont écoutés , Jésus descend des cieux
Mais sous un voile obscur il se cache à nos yeux.

A l'Élévation.

O doux Jésus ! ô salutaire hostie !
Qui nous ouvrez le chemin à la vie ,
Désarmez l'ennemi, qui, par des traits mortels ,
Ose nous attaquer jusqu'au pied des autels.
Pour apaiser la divine justice,
Vous vous offrez dans ce saint sacrifice.
J'adore votre corps sous l'espèce du pain ;
J'adore votre sang sous l'espèce du vin.
C'est votre chair , oui , votre chair si pure ,
Que vous daignez m'offrir pour nourriture ;
C'est le sang précieux qui fut versé pour tous ,
Dont vous faites encore un breuvage pour nous,

A l'Agnus Dei.

Agneau divin , vous êtes la victime ,
Qui de ce monde avez porté le crime.
Achevez votre ouvrage , adorable Sauveur :
Lavez dans votre sang les taches de mon cœur.

Au Domine non sum dignus.

Moi ! m'approcher de votre sainte Table !
J'en suis indigne , hélas ! je suis coupable ;
Mais d'un seul mot, Seigneur, vous pouvez me guérir;
Alors du pain des forts j'oserai me nourrir.

Pendant la communion.

Puisque mon Dieu , jusqu'à moi, veut descendre,
Quelle faveur n'en dois-je pas attendre ?
O prodige ! ô miracle ! ô mystère d'amour !
L'auteur de tous les biens fait en moi son séjour.

Adoration.

Courbons nos fronts respectueux ;
Sous ces voiles mystérieux
L'amour cache le roi des cieux.
Unissons nos pieux cantiques
Aux accens des chœurs angéliques.
Oui , Jésus , nous le jurons tous ,
Nous n'aimerons jamais que vous.
O Jésus ! nous le jurons tous !   (bis)
       Jésus, Jésus ,
Nous n'aimerons jamais que vous.   (bis)

O Jésus , monarque éternel ,
Puisse en ce moment solennel ,
Notre âme vous servir d'autel !
Que votre divine présence
Nous donne la paix , l'innocence.
Oui , Jésus , nous le jurons tous ,
Nous n'aimerons jamais que vous.
O Jésus ! nous le jurons tous !   (*bis*)
     Jésus , Jésus ,
Nous n'aimerons jamais que vous.   (*bis*)

AUTRE.

O roi des cieux ,
Vous nous rendez tous heureux ;
Vous comblez tous nos vœux ,
En résidant pour nous dans ces lieux.
    Ah ! comment jamais
    Payer vos bienfaits ?

Quoi ! dans ce séjour ,
Dieu tout amour ,
Pour des ingrats vous mourez chaque jour.
    Et l'homme mortel
Y trouve un pain , aliment éternel !
    O roi des cieux , etc.

Seigneur , vos enfans
    Reconnaissans

Sont pénétrés des plus doux sentimens ;
Leur cœur, sans retour,
Veulent brûler du feu de votre amour.
O roi des cieux, etc.

Chantons tous en cœur :
Louange, honneur
Au doux Jésus notre aimable sauveur !
Chantons à jamais
De son amour les éternels bienfaits.
O roi des cieux, etc.

RÉNOVATION DES VŒUX DU BAPTÊME.

Quand l'eau sainte du baptême
Coula sur vos fronts naissans,
Et qu'un Dieu la bonté même,
Vous adopta pour enfants,
Muets encore,
D'autres promirent pour vous.
Aujourd'hui, confessez tous
La foi dont un chrétien s'honore.

Chœur. Foi de nos pères,
Notre règle et notre amour,
Nous embrassons en ce jour,
Et ta morale et tes mystères.

Annoncé par mille oracles,
Et de la terre l'espoir,

L'homme-Dieu, par ses miracles,
Fait éclater son pouvoir.
Victime pure,
Il triomphe du trépas ;
Et je n'adorerais pas
En lui l'auteur de la nature !
Chœur Foi de , etc.

Par un funeste héritage,
Nos parens, avec le jour,
Nous transmirent en partage
La haine d'un Dieu d'amour.
En vain je crie,
Le ciel repousse mes pleurs ;
Mais Jésus a dit : je mœurs ;
Et sa mort me rend la vie.
Chœur. Foi de , etc.

Ciel ! quelle robe éclatante !
Quel bain pur et bienfaisant !
Quelle parole puissante
D'un Dieu m'a rendu l'enfant !
Je te baptise...
Les cieux s'ouvrent, plus d'enfer,
Et des anges le concert
M'introduit au sein de l'Eglise.
Chœur. Foi de, etc.

De quel œil de complaisance
Vous me vîtes, ô mon Dieu,
Quand, revêtu d'innocence,
On m'emporta du saint lieu !

Pensée amère !
O beau jour trop tôt passé !
Hélas , je me suis lassé ,
Mon Dieu , de vous avoir pour père.
Chœur. Foi de , etc.

J'ai blessé votre tendresse ,
Violé vos saintes lois ;
Vous me rappeliez sans cesse ,
Je repoussais votre voix.
Ah ! si mes larmes
Ont mérité mon pardon ,
Je puis de votre maison ,
Seigneur, encore goûter les charmes.
Chœur. Foi de , etc.

Loin de moi, monde profane,
Fuis , ô plaisir séduisant ;
L'Evangile vous condamne ;
Vous blessez en caressant ;
Sous votre empire ,
Mon Dieu , sont les vrais trésors ;
Vos douceurs sont sans remords ,
C'est pour elles que je soupire.
Chœur. Foi de , etc.

Loin de ces palais coupables
Où s'agite le pécheur ,
Sous vos pavillons aimables
J'irai jouir du bonheur ;
Avant l'aurore ,
Mon cœur vous appellera ;

Et quand le jour finira ,
Mes chants vous béniront encore.
Chœur. Foi de , etc.

CANTIQUE D'ACTIONS DE GRACES.

Bénissons à jamais
Le Seigneur dans ses bienfaits.
Bénissez-le , saints anges ,
Louez sa majesté ,
Rendez à sa bonté
Mille et mille louanges.
Bénissons , etc.

Fût-il jamais un père ,
Qui de ses chers enfants ,
Par des soins plus touchans ,
Soulageât la misère ?
Bénissons , etc.

Pasteur tendre et fidèle ,
Sans craindre le travail ,
Il ramène au bercail
Une brebis rebelle.
Bénissons , etc.

Par lui cesse la peine
Qui désolait mon cœur ,
Et , du monde vainqueur ,
Je vois briser ma chaîne.
Bénissons , etc.

Il console mon âme,
La nourrit de son pain;
A ce banquet divin
Il veut qu'elle s'enflamme.
    Bénissons, etc.

Sa bonté me supporte,
Sa lumière m'instruit,
Sa beauté me ravit,
Son amour me transporte.
    Bénissons, etc.

Oui, sa douceur m'entraîne,
Sa grâce me guérit,
Sa force m'affermit,
Sa charité m'enchaîne.
    Bénissons, etc.

Dieu seul est ma richesse,
Dieu seul est mon soutien,
Dieu seul est tout mon bien.
Je redirai sans cesse :
    Bénissons, etc.

INVOCATION AU SAINT-ESPRIT.

Venez, Esprit divin, Esprit consolateur,
    Dieu puissant que j'adore,
Source de bien, souverain Créateur,
    Ah ! c'est vous que j'implore.

Pour connaître le bien , d'une sainte clarté
   Venez remplir mon âme ;
Brûlez mon cœur, Esprit de charité .
   D'une céleste flamme.

Parmi de grands dangers , je me vois ici-bas
   Sans force et sans courage ;
Divin Esprit, ne m'abandonnez pas ,
   Sans vous je fais naufrage.

Soutenez , ô mon Dieu , guidez à chaque instant.
   Mon âme chancelante ;
Accordez-moi , dans mes besoins pressans ,
   Votre grâce puissante

Pour toujours , de mon cœur, arrachez le désir
   Contraire à votre gloire ;
Sur le péché , jusqu'au dernier soupir,
   Donnez-moi la victoire,

INVOCATION A MARIE.

Je vous salue , ô Mère de mon Dieu !
Vierge bénie entre toutes les femmes;
Que béni soit en tout temps , en tout lieu ,
Votre cher Fils , le sauveur de nos âmes.

Protégez-nous parmi tous nos malheurs ,
Reine du Ciel, ô très sainte Marie !
Dès maintenant, priez pour les pécheurs ,
Mais plus encore à la fin de leur vie.

AUTRE.

Sainte Vierge Marie ,
Asile des pécheurs ,
Prenez part, je vous prie ,
A mes justes frayeurs.
Vous êtes mon refuge ,
Votre fils est mon roi ;
Mais il sera mon juge ,
Intercédez pour moi !

Ah ! soyez-moi propice
Quand il faudra mourir ;
Apaisez sa justice ,
Je crains de la subir.
Mère pleine de zèle ,
Protégez votre enfant ;
Je vous serai fidèle
Jusqu'au dernier instant.

CONSÉCRATION A MARIE.

Je veux célébrer par mes louanges
La gloire de la Reine des cieux ,
Et, m'unissant au concert des Anges ,
Je m'engage à la chanter comme eux.
Je m'engage, je m'engage à la chanter comme eux *(bis)*

Sur vos pas , ô divine Marie ,
Plus heureux qu'à la suite des rois ,
Dès ce jour et pour toute ma vie ,
Je m'engage à vivre sous vos lois.
Je m'engage , etc.

Si du monde écoutant le langage ,
Du plaisir j'ai cherché les attraits ,
A vous posséder seule en partage ,
Je m'engage aujourd'hui pour jamais.
Je m'engage , etc.

Admire ton bonheur , ô mon âme !
Le ciel même en doit être jaloux ,
Puisqu'en suivant l'ardeur qui t'enflamme ,
Tu t'engages aux devoirs les plus doux.
Tu t'engages , etc.

Par un culte constant et sincère ,
Par un vif et généreux amour ,
A servir , à chérir une mère ,
Tu t'engages aujourd'hui sans retour.
Tu t'engages , etc.

Mais si tu veux lui marquer ton zèle ,
Et participer à son bonheur ,
Il faut qu'à suivre en tout ce modèle ,
Tu t'engages et d'esprit et de cœur.
Tu t'engages , etc.

Mère sensible et compatissante ,
Soutiens au milieu des combats ,

Les efforts d'une âme pénitente,
Qui s'engage à marcher sur tes pas.
Qui s'engage, etc.

Tu n'es plus qu'une terre étrangère
Pour moi, monde volage et trompeur,
Je ne veux plus servir qu'une mère,
Qui s'engage à faire mon bonheur.
Qui s'engage, etc.

Unissez vos voix, peuple fidèle,
Aux accords des esprits bienheureux,
Pour chanter les louanges de celle
Qui s'engage à combler tous nos vœux.
Qui s'engage, etc.

PARAPHRASE DU MAGNIFICAT.

Mon âme glorifie
Mon Seigneur et mon Dieu;
Ma faible voix publie
Son nom saint en tout lieu.
De sa Majesté sainte,
Il a voilé l'éclat;
N'ayons donc plus de crainte,
Chantons *Magnificat*.

2

Vous fûtes, ô Marie !
Dans le ravissement,
Devant donner la vie
Au roi du firmament.
Ce bonheur, d'allégresse
Transporta votre esprit ;
Dans une sainte ivresse,
Chantons l'*Exultavit*.

O Vierge bien ureuse !
Dans votre humilité,
Rose mystérieuse,
Miroir de pureté.
A votre humble réponse,
Un Dieu s'anéantit,
Et votre voix l'annonce
Par *Quia respexit*.

Quel éclatant prodige !
Le Seigneur fait pour vous,
Vers votre âme il dirige
Ses regards les plus doux ;
C'est parce qu'elle est pure,
Que son cœur la chérit.
Craignons donc la souillure ;
Chantons *Quia fecit*.

De sa miséricorde
Nous sentons les effets ;
Sa bonté nous accorde

Le plus grand des bienfaits.
Célébrons la tendresse
Du Dieu qui nous aima ;
Chantons dans l'allégresse :
Misericordia.

Son bras puissant repousse
Les esprits orgueilleux;
Mais l'humilité d' o
A du charme à yeux.
Par Marie il nous venge
En écrassant Satan.
Chantons à sa louange :
Fecit potentiam.

Du puissant de la terre,
De l'impie orgueilleux,
Le maître du tonnerre
Sera victorieux.
Roi des humbles, sa gloire
Sur eux se réfléchit.
Publions sa victoire,
Chantons *Deposuit.*

Il maudit ta richesse,
Mondain voluptueux;
Tandis que sa tendresse
Rendra le pauvre heureux;
De ta vaine opulence
Il punira l'excès ;

Le chrétien en souffrance,
Chante *Esurientes.*

De ta miséricorde,
Seigneur, tu te souviens;
Israël, il t'accorde
L'auteur de tous les biens;
Tu vis dans la mémoire
De ce père éternel;
Chante donc à sa gloire
Suscepit Israël.

Abraham ! pour ta race,
Dieu te fit des serments;
Par l'effet de la grâce,
Nous sommes tes enfants;
Du céleste héritage
Obtiens pour nous l'accès;
Nous dirons d'âge en âge :
Sicut locutus est.

Amour, gloire et puissance
Au Père créateur;
Amour, reconnaissance
Au Fils, notre sauveur;
Rendons par nos louanges
Hommage au Saint-Esprit;
Chantons avec les Anges :
Le Gloria Patri.

Vous êtes éternelle,
O Sainte Trinité !
Toujours sera nouvelle,
Votre ancienne beauté,
Accordez-nous la grâce,
Dévoilant votre éclat,
De vous voir face à face,
Chantons *Sicut erat*.

ACTES

AVANT LA SAINTE COMMUNION.

Acte de Foi.

Mon Seigneur Jésus-Christ, je crois avec une ferme foi que votre corps, votre sang, votre âme et votre divinité sont dans la sainte Eucharistie ; je le crois, parce que vous l'avez dit ; faites-moi la grâce d'être prêt à donner ma vie pour soutenir cette vérité.

Acte d'Espérance.

Vous avez dit, ô mon Dieu, que ceux qui espèrent en vous, ne seront jamais confondus. Je mets toute ma confiance dans vos promesses, et j'espère qu'après m'être nourri de vous même sur la terre, j'aurai le bonheur de vous voir et de vous posséder éternellement dans le ciel.

Acte d'Amour.

O Jésus ! qui m'avez aimé jusqu'à vouloir me nourrir de votre chair adorable, je vous aime de tout mon cœur, de toute mon âme, de toutes mes forces, je veux vivre et mourir dans votre saint amour.

Acte d'Humilité.

Mon Seigneur et mon Dieu, vous êtes la sainteté même, je ne suis pas digne que vous entriez en moi ; mais dites seulement une parole, et mon âme sera guérie.

Acte de Désir.

Venez, ô mon divin Jésus, venez prendre possession de mon cœur, daignez me visiter dans votre miséricorde, venez habiter en moi, afin que je demeure en vous.

ACTES

Après la Sainte Communion.

Acte d'Adoration.

Je vous adore, ô Jésus, dans mon cœur, où vous reposez en ce moment ; je vous y reconnais pour mon souverain Seigneur, et j'unis mes adorations profondes à celle que les Anges et les Saints vous rendent dans le ciel.

Acte de Remerciment.

Seigneur, vous avez regardé ma bassesse, j'étais malade et vous m'avez guéri, j'étais pauvre et vous m'avez comblé de biens. Que vous rendrai-je, ô mon Dieu ! pour tous les dons que j'ai reçus de vous ;

j'invoquerai votre saint nom, et je chanterai éternellement vos miséricordes.

Acte d'Offrande.

Que puis-je vous offrir, ô mon Dieu, pour la grâce
que vous m'avez faite, en vous donnant tout entier à
moi? Je consacre à votre gloire mon corps, mon
âme et tout ce que je suis, disposez de moi selon votre
sainte volonté.

Acte de Demande.

Mon divin Rédempteur, faites que la réception de
votre corps et de votre sang ne tourne point à ma con-
damnation ; mais que par votre miséricorde elle me
serve de défense pour l'âme et pour le corps, et
qu'elle me soit un remède salutaire.

Acte de ferme Propos.

Mon Dieu, je me propose, moyennant votre grâce
d'éviter tout ce qui vous déplaît et de pratiquer votre
sainte loi. Soutenez, Seigneur, la résolution que je
forme présentement et que vous m'avez inspirée, afin
que, vous étant toujours fidele, je vous aime, je vous
loue et je vous glorifie pendant toute ma vie et pendant toute l'éternité.

CANTIQUES PROVENÇAUX.

EXOURTATIEN

A LA JOUINESSO A SERVI DIOU.

Em'uno sant'allégresso ,
 Bravo jouinesso ,
Em'uno sant'allégresso ,
 Foou servi Diou ;
Vous appell'émé tendresso ,
Qu'u voudrié n'estré pas siou ?

Prenez per vouestré partagi ,
 Din lou jouin'agi ,
Prenez per vouestré partagi
 Soun sant amour.
Sens'attendré davantagi
Counsacras-vous oou Signour.

Quéqué lou moundé présenté ,
 Qué ren vous ténté ;
Quéqué lou moundé présenté
 Dé béou , dé doux
Hélas! n'a ren qué countenté ,
Diou soulel poou rend'huroux.

Gardas vouestr'amo ben puro ,
 Gès dé souilluro.
Gardas vouestr'amo ben puro ,

Gès dé pecca ;
Jamay à la créaturo
Vouestré couar deou s'estaca.

Qu'uno jouiness'es aimablo !
   Qu'es estimablo !
Qu'uno jouiness'es aimablo ,
   Qu'a la pudour ;
Ah ! qu'a Diou est agréablo !
Qu'es pertout dé bouen'ooudour.

La jouinesso viciouso ,
   Es dangeirouso ;
La jouinesso viciouso
   Foou l'évita ;
Vous sérié perniciouso ,
Gardas-vous dé l'escouta.

Sé n'eimas qué la sagesso
   Din la jouinesso ;
Sé n'eimas qué la sagesso
   Braveis enfants ;
Taous sérez din la vieillesso
Qué din vouestreis jouineis ans.

Dé vouestré Diou la lei santo ,
   La lei charmanto ;
Dé vouestré Diou la lei santo ,
   Gardas en tout :
Qué sa man touto puissanto
Vous soustengué jusqu'oou bout.

ABREGEA DE LA CROYANÇO.

Escout'amo fidélo,
Uno bell'instructien,
Qu'en paou de mots rappello,
Touto la Religien,
L'a tres Personos en un seul Diou.
La Fé va nous déclaro,
Lou Péro es Diou, coum'ooussi soun fiou,
Lou Sant Esprit encaro.

N'an gis de començanço,
Ni n'auran gis de bout ;
An la memo puissanço,
Sont égalos en tout :
Aquo s'appello la Trinita,
Un Diou en trés Personos,
Qué deven creir'ém'humilita,
Ensin que Diou l'ourdouno.

Erian à la cadeno,
Adam n'avié dana :
Per nous tira de peno,
Lou fiou s'es incarna :
Aquo s'es fach aou ventre sacra :
De Mario touto puro,
Lou Sant Esprit va tout ooupéra,
L'a ren de la créaturo,

Aqueou grand Rei de glori,
Es nat à miejo nuech,
N'en fasen'la mémori,
Quand meten cacho fuec.
Un Angi anet dir'eis Pastourels,
De l'ana rendre hooumagi ;
En mémé temps l'Estelo doou ciel,
Avertisset leis Magis.

A viscut sur la terro,
Durant trento trés ans :
Es mouart sur lou Calvairo !
Lou jour d'oou vendré sant :
Trés jours aprés es ressuscita,
Tout raïonant de glori,
L'Egliso fa la solemnita,
A Pasquo per memori.

Anet trouba son Païré,
Quaranto jours aprés,
L'Egliso nous fa fairé,
L'Ascentien tout exprès :
Mandet ei sioux soun divin Esprit,
Lou jour de Pandecousto,
Vendra jugea leis bons, leis maris,
Senso fa gis de sousto.

Avan que nous quitesso,
Per an'oou firmamen,
Per usa de largesso,
Laisset sept Sacramens :

Lou Batemo, la Confirmatien,
L'Eucharisti per gagi,
La Penitenci, l'Extrem'Ontien
Et l'Ordre et lou Mariagi.

N'y a trés plus necessaris :
Batemo, Confessien,
Et l'autre qu'en vulgari
Appelan Communien.
Lou premi'es tant de necessita,
Que mémé din l'extremo,
Touto persoun'a la liberta,
De douna lou Batemo.

Foou d'aïgo naturello,
Per aqueou Sacramen,
Et non d'artificiello;
Diré tant soulamen :
Iou te bateji, Francés, Henri,
Ou, Toni, au Nom doou Pairé,
Emé doou fils et doou Sant Esprit,
Pui, l'a plus ren à fairé.

Si vouastr'am'es malaouto,
Fés uno confessien ,
Per la fa senso faouto,
Li foou cinq conditiens :
Sounge'ei peccas, n'estre ben marrit,
N'en voulé plus gis fairé,
Lei diré tous em'un couar countrit,
Puis aprés satisfairé.

Sian obligea de creiré,
Que din l'Eucharistié,
Ben que se poou pas veiré,
Jésus l'es tout entier,
Soun Corps, soun Sang, sa Divinita,
Soun amo, ò qué merveillo !
En chaquo point, en chaquo cousta,
Jamaï causo pareillo.

L'a gis d'autro substanço,
Dins aqueou Sacramen,
L'a que la ressemblançò.
Doou pan tant soulamen :
Ben que part ageon la Santo Hostié,
En differentos peços,
Jésus pourtant és pertout entié,
Roumpoun que leis espéços.

Ve vaqui, santos amos,
Ce que chaquo mourtaou,
Per évita lei flamos,
Deou saché coumo foou :
Puis donc qu'avés tant d'obligatiens,
Foou veire de v'apprendre :
Si frequentas nostreis instructiens ;
Vous lou faren comprendre.

SUR LA COUNFESSIEN.

Chrestiaň, la bouano confessien,
Es ta plus grando affaire ;
Escousto ben ém'attentien.
Cinq causos que foou faire,
Sounge'ei peccas, n'avé doulour,
Nen voulé plus coumettre,
Lei dire tous, pui per amour.
Ei penos se soumettre.

La premiero necessita,
Es d'avé la patienço,
De faire senso se flata,
L'examen de conscienço :
Si l'on noun counoui sei peccas,
Lou mouyen de lei dire,
Lou mouyen que sien detestas,
Et que l'on s'en retire.

Foou qu'examinés teis actiens,
Tei discours, tei pensados,
Tei sentimens, tei affectiens,
Tei passiens dereglados :
Maï per va fair'émé profit,
Cerquo la solitudo,
Preg'et demand'au sant Esprit,
La lumier'et l'ajudo.

Din la secondo conditien ,
Foou que l'Amo toucado ,
Sent'uno vivo contricien ,
Per estre ben purgeado :
La contricien es la doulour ,
Dei peccas de ta vido.
En considerant doou Seignour ,
La bontat infinido.

La doulour non consisto pas
A battre sa poitrino ,
Car lou bouan Diou non fa pas cas ,
Dei plours ni de la mino :
Lou bouan repentir ven doou couar ,
Et quand es legitimé ,
Dés millo fés maï que la mouar :
L'on haïssé lou crimé.

N'es pas tout que vengué doou couar ,
Que ti mett'a la geno ,
La contricien n'a ren de fouar ,
Si non es souveraino :
Foou si ti toquo ben au viou ,
Que siegu'universello ;
Sur tout foou que vengue de Diou ,
Que sie surnaturello.

Ce que l'on appell'attricien ,
Ou doulour imparfaito ,
Es bouan'émé la confessien ,
Degun non va rejetto :

Et que fara per l'attira ,
Aquelo repentenci ?
Foou proum prega, proum souspira ,
Dins un profond silenci.

Troisiemamen lou bouan prepaou ,
Voou que fugés tei crimés ,
Prem per lou faire coumo foou ,
Trés avis legitimés ,
Es besoun que siegu'absolu ,
Sincèr'et ben durablé ;
Quand l'auras ensin résolu ,
Crésé lou véritablé.

Absolu senso gis d'égard ,
Ei plesirs que tu quités ,
Ei bens que laissés a l'escart ,
Ei compagnies qu'évités.
Sincero , sens'ooucun detour ,
Diou vés ce que ti guido ,
Durabl'et noun per caouqueis jours ,
Maï per touto ta vido ,

Évito la fréquentatien ,
Dei méchans que trevavés ,
Et pren uno fouart'aversien ,
Dei lues ounté peccavés :
Souven lou demoun nous surpren ,
Per sei finos amorços ,
Et te perdras en men de ren ,
Si contés sur tei forços.

Din la quatriemo conditien ,
Confesso teis offenços :
Noun cerqués gis d'affectatien ,
Ni tant paou de defenços ;
Et devés aussi declara ,
L'intention et lei suitos ,
Lei causos que t'an égara ,
Previst'et fortüitos.

Ta confessien sera tamben ,
Simplo , clara , distincto ,
Pren gardo que non laissés ren ,
Rendé la ben succincto ,
Foou que la fassés ém'ardour ,
Respect et confianço ,
D'un couar devot , plen de doulour ,
De crento et d'espéranço.

Si siés hontoux , es de besoun ,
Que repoussés la hounto ,
D'aqueou cousta nen vesen proum ,
Que lou Démoun surmounto ,
Lou confessour dis en dégun ,
Lei peccas que li disés ;
Si per hounto n'en cachés un ,
Ah que malheur ! t'abusés.

En dernier luec ce que ti diou ,
Es lou nous de l'affaire :
Songeo qu'as offenssa toun Diou ,
Que li foou satisfaire :

Ly foou satisfair'émé pés ,
Emé noumbr'et mésuro ,
Per répara ben uno fés ,
La grandour de l'injuro.

Ty foou per lei peccas affroux ,
De fouartos pénitencis :
Souven ce que nous perde tous
Sount nouastrei complesencis :
S'un Confessour t'és indulgent ,
Cerquo n'en un régidé ,
Qe sié devot, docté , prudent ,
Que ti pouart'oou soulide.

S'as croupi long-tems din lou maou ,
S'érés din l'habitudo ,
La pénitenci que ti foou ,
Foou que sié long'et rudo ,
Noun crésés pas qu'an un moument,
Ta saleta se lavé ,
Qand récitaras soulament ,
Cinq *Pater* et cinq *Ave.*

Si siés larron , restituaras ,
Et seras caritable ;
Si siés cruel, t'adouciras ,
Et devendras affable ;
Si siés plen de saleis désirs ,
Produis n'en d'angeliqués ;
Si siés amatour dei plésirs ,
Foou qué ti mortifiqués.

Si noun prenés aquéou parti,
Veou gis de repentenci,
Toun couar n'est pas ben counverti,
Et fas maou pénitenci :
Maï s'aquelo résolutien,
Aro mémé t'enflamo
S'observés aquest'instructien,
Respondi de toun Amo.

RÉGRÉS D'AVÉ OOUFFENSA DIOU.

Qué meis ueils, ô moun Diou, si négoun din leis larmos,
Que moun couar sié brisa deis plus vivos doulours;
Contro iou es ben temps, voueli prendre leis armos,
  Voueli lava mei crimes din mei plours.

Mon pecca nuech et jour me troubl'et me tourmento
Siou transit, vaou mouren, trobi gis de repaou :
Jusqu'ei moualos deis ouas siou penetra de crento,
  Mei plours soulets mi soulageuon en paou.

Malhuroux, qu'er'ingrat, quand de vous m'escartavi,
M'eimavias tendramen, et vous eimavi pas :
Mi fasias millo bens, é you vous offensavi,
  Dur souvenir, qu'intei regrets coousas !

En peccant, ô mon couar, as irrita ton Pero ;
Es tout bouan; cependant n'es pas mens rigouroux :

Ounté m'enana dounc per fugi sa coulero !
Moun bouan Jésus, m'enfugiraï ver vous.

Si voulié me pun'en suivent la justici,
Leis tourmens de l'Infer serien enca trop doux ;
Maï s'apeisara proum, et mi sera proupici,
En mi vesent ei pés de vouastro croux.

Vaï proumés, va tendraï, jamaï plus siou rebello,
Eimariou maï souffri la plus cruello mouar :
Jamaï m'arribo plus de vous estr'infidelo,
Es vous, moun Diou, qu'avés changea moun couar.

Va proumet'a présent ; maï vesés ma misero,
Si mi laissas soulet, retoumbaraï leou maï :
Noun m'abandounés pas, ô vous que sias moun Pero,
Si m'ajudas v'oouffensaraï jamaï.

SUR LA COUMMUNIEN.

AIR : *L'amour de Diou nous presso , etc.*

Vénès, vénès jouïnesso,
Vénès faire un repas divin,
Vénès la taoulo es messo,
Vénès tous oou festin ;
Vénès, troupo bénido,
Mangea l'agneou paschaou ;
Diou vous counvido !
Per estre vouestro vido !
O bonheur sens'égaou.

Aqueou Soouvur aimablé,
Per vous engarda dé mourir,
De soun corps adourablé,
Oui, voou ben vous nourrir !
N'agués plus din la testo,
Qu'aquelo grand'actien.
Qu'aquelo festo,
Ooublidas tout lou resto,
Farés la communien.

N'es pas un badinagi !
Noun, s'agis pas d'un juec d'enfant.
Foou faïr'un sant usage
D'un mistéri tan sant.
Aquelo santo mano,
Aqueou grand Sacramen
Qû lou proufano,
Hélas ! hélas ! si damno,
Mangeo soun jugeament.

Quand lou fouguet rècébré,
La santo Viergé n'en tremblé :
Quand l'anavo counçubré
Sa grandour l'esfrayé.
Sé la viergé tant puro
Fouguet pleno d'esfrai,
You, créaturo,
Qué ren dé bouan rassuro,
Coumo noun crégnirai !

Vouesto divino méro,
Grand Diou. quand vous incarnerias,

Tant vous que vouasté péro,
D'accord préparerias :
Dispousas dounc moun âmo,
Sé vénès dédins yoou,
E qué la flamo,
D'un couar que ben vous aimo,
Mi préparé, moun Diou.

Accourda mi la graci
D'uno sincéro counversien,
Brisas moun couar ; qué fassi,
Uno humblo confessien,
Que mon âmo toucado
Après tant dé peccas,
Siégué changeado ,
Qu'à la taoulo sacrado
N'imiti pas Judas.

Ajusta-li lou zélo
Qué doun'uno vivo fervour
Que toujours pu nouvello
Sié per vous moun ardour,
Ma fé, moun espéranço
E moun humilita,
En counfianço
Alors leou l'on s'avanço
Dé vouasté sant oouta.

O ! sourço de délici,
Qu'houro mi désalteraraï !
De jour en jour languissi,
Qu'houro coumuniaraï !

La joie dé ma jouinesso
Es d'approucha de vous,
E m'alegresso :
Aro mémé fouguesso,
Aqueou moument huroux.

AUTRE.

D'enfans doou Signour, vénez troupo choousido,
Venez prendré plaç'oou célesté festin ;
Lou Pèro célest'ooujourd'hui vous counvido ;
Venez, approuchas d'aquéou répas divin.

Venez prendré plaç'à la Taoulo sacrado,
L'y serez nourris de la chair de l'agneou,
Que fouguet per tous sur la Croux immoulado ;
Venez, agneous purs, venez, béni troupeou.

Qu'u de si nourri d'aquello chair réfuso,
Toumbo din la mouar, per défaou d'alimen ;
Qu'u s'en nourris maou, et d'aquéou corps abuso,
En lou récében, mangeo soun jugeamen,

Foou dounc approucha d'aquello nourrituro,
Sé l'on voou soun am'empacha dé mourir ;
Dé tout crimé foou qué l'amo siégué puro,
Sé voou d'aquéou corps émé fruit si nourrir.

N'es qué per leis sants qué sount lei caousos santos :
Per s'en approucha, foou dounc qué sigués sants ;

Doou sang dé Jésus , s'avez leis mans sanglantos ,
Dei sacras ooustas rétiras-vous méchants.

Sé vous approuchas d'aquéou corps adourablé ,
Esten engagea din lou pecca mourtaou ,
Vous rendez d'oou corps dé Jésus-Christ coupablé ,
Fasez un pecca qué noun a gès d'égaou.

Qué gès dé couar doublé, et qué gès d'hypoucrito
Trahissé Jésus per un beisa dé pax :
Quand la trahisoun dé Judas l'on imito ,
Foou appréhenda la péno dé Judas.

Avant qu'approucha dé la Taoulo sacrado ,
L'Apôtro vous dis qué foou vous esprouva ;
Sé de qoouqué crimé avez l'âmo tacado ,
Foou din vouestreis plours qué vous sigues lava,

Es un grand abus, es un errour dé creyré
Qu'un gros peccadou pouesqu'ana communia ,
Lorsqué noun fara gès dé changeamen veyré ,
Et qué li suffit dé s'estré counfessa.

Per vous esprouva, coumo l'Apôtr'exigeo ,
Foou veyré doou maou sé sias ben répentens ;
L'on noun va counoui, qué quand l'on si courrigeo :
Vésez ben qu'aco démando caouqué tems.

Foou s'en approucha ém'un'âm'affamado ,
Ém'un couar brulant d'uno divin'ardour ;
Un'âmo foou ben qué siegué dégoustado ,
Lorsqu'en aquéou pan trovo gès dé savour.

Enfin foou récébr'aqueou corps adourablé,
Em'uno fé vivo, ém'un amour ardent ;
Envers lou prouchain foou estré caritablé,
Avé lou couar pur, doux, humblé, pénitent.

ACTES AVANT LA COUMUNIEN.

Acté de fé et d'adouratien.

Jésus mi counvido
A soun sant festin,
Moun am'es ravido,
O l'huroux matin !
Ah ! foou qué l'honori
Dé couar humblamen,
Qu'en crésen l'adori
Din soun sacramen.

Acté d'espéranço.

Plen de counfianço
En vouastro bounta,
N'aï d'aooutr'espéranço
Din ma paouréta,
Qu'en vouastré mériti
D'un prix infini,
Fés qué n'en proufiti
Per lou Paradi

Acté d'amour.

Fes Diou qué ressenti
Aquelo favour,
Qu'à vous mi présenti
En grando fervour,
Qué moun couar fiidelo
Brûlé senso fin,
Douna-mi lou zèlo
D'un vraï séraphin.

Acté d'humilita.

Humblo créaturo,
Qu'hounour es lou tiou !
L'âmo la plus puro
N'es ren davan Diou.
De ben inoucento
Noun s'en trouvo gés ;
Maï Diou si countento
D'un couar ben soumés.

Acté dé Désir.

Moun âmo désiro
Dé vous poussédas,
Ah ! coumo souspiro !
Vénès, tardés pas.
Uno sé brûlanto
Desséco moun couar.
Sé Jésus li manquo
Ben léon sera mouar.

3.

ACTÉS APRÈS LA COUMUNIEN.

Acté d'adouratien,

Aro yeou poussédi
Aqueou tendré espoux,
Din moun couar entendi,
Soun lengagi doux
A cacha sa glori
Per veni din yeou.
Foou dounc qué l'adori,
Mi dounan a n'eou.

Acté dé rémerciamen,

Qué récounouissenço
Vous dévi-ti pas,
Despuis ma neissenço
O que dé benfas !
L'avés mé lou coumblé
En vénen din yeou
Qué moun couar rédoublé
D'amour per moun Diou

Acté d'ooufrando.

Prénés, divin mestré,
Mon am'et moun couar,
A vous vouali estré,
Et jusqu'à la mouar ;
Plus ren mi réservi,
Tout vous apparten ;
Pourvu qué vous servi
Siou maï qué counten.

Acté dé démando.

Douna mi la graci,
O Diou dé bounta,
Qué sans cesso fassi,
Vouastro voulounta ;
Qué jamaï moun amo
Perdé vouastro amour,
Maï qué dé se ffamo
Brûlé nuech et jour.

Acté dé fermé prépaou.

Moun Diou mi proposi
Dé viouré per vous,
Sé dé yeou disposi,
Seraï malhuroux ;
Fés dounc qué moun amo
Suivé vouastro lei,
Moun couar vous réclamo
Per estré soun rei.

PER LOU RENOUVELAMEN DEIS VUS.

Pèro, Fiou, Sant-Esprit, après avé vioula
Meis vûs émé tant d'insoulenci ;
Vén'eici lei renouvella
En vouestro divino présenci !

Ti renounci, ô Satan ! ti régardi ém'hourrour ;
De toun empiré mi sépari,
Et contro tu, per lou Signour,
Ar'et per tonjours mi déclari.

Mooudit Satan; rénounc'eis obros dé pecca,
Qué sount teis obros et qu'inspirés,
Et noun vouéli plus m'applica
En ren dé tout cé qué désirés.

De tout moun couar rénounc'à teis poumpos, Satan,
Oou lux'à la vid'inutilo,
A cé qué lou mound'aymo tant,
Qu'es countrar'oou sant Evangilo.

Proumetti, ô Pèro sant, de toujours vous servir,
Et vous ayma coumo moun pèro;
Et faray gloiro d'ooubéir
A la santo Egliso ma mèro.

Puisqué siou vouestré membr'ô Jésus! hommé-
[Diou!
A suivré vouastr'esprit m'engagi,
A vous faïré viouré dins yeou,
A li retraça vouestr'imagi.

Noun proufanaraï plus moun corps per lou pecca,
O Sant-Esprit! va vous déclari,
Puisqué l'avez sanctifica
Lou renden vouastré sanctuari.

Per mi faïr'accoumpli mei proumessos'ô Jésus!
Accourda-mi vouestr'assistanço;
Dins leis sants désirs qu'aï counçus,
Douna-mi la persévéranço.

Coum'aï lou caractèr'et lou noun dé chrestian;
Rendez-mi un chrestian véritablé,

Afin qué siégué pas en van
Qué pouarti un noum tant respectablé.

Moun sant'angé gardien , coumo sias lou témouin
Dé mei vus et de ma proumesso ,
Afin que lei gard'émé souin
Ajuda-mi dins ma féblesso.

Moun sant patroun , prégas qu'émé fidélita ,
Envers Diou de mei vus m'acquitti ;
Démanda-li qu'en santeta ,
Coum'aï vouastré noun vous imiti.

E vous récébez-mi , ô mèro dé moun Diou ,
Per vouastr'enfant, ô mèr'aymablo !
Oouprès de Jesus , vouastré fiou
Siéguez-mi toujours favourablo.

Prégas Diou qu'en gardant mei sants vus ém'amour,
Eviti tout cé qué l'oouffenso ,
Afin qu'oou célesté séjour
Siégu'eou mémé ma récoumpenso.

SENTIMENS DE RECOUNOUISSENÇO ENVERS DIOU.

Loousén Diou , et renden li glori ,
Beni sié de tous soun san noum ;
Rémercien-lou de la victori ,
Qu'aven gagna sur lou démoun ;
Perden jamay dé la mémori ,
Aquel inestimablé doun.

Nous erian adounas oou vici ,
Diou poudié nous abandouna :
Nous oourié gis fa d'injustici ,
Si nous avié leïssa dana ;
Maï non obstant nouastro malici ,
A ben vougu nous pardouna.

Per d'apas qué n'an qn'apparenci
Lou Demoun nous avié surprés :
Avié ravi nouastr'innoucenci ,
S'crian jita din seis filets :
Ar'en fasen ben pénitenci ,
Aven fugi de seis arrets.

Quantci n'a que sount din leis pénos ,
Qu'un soulet peccat a perdus ?
Naoutres n'aven fa de centenos ,
Et Diou nous a tant attendus :
Puisqu'a rompu nouastrei cadenos ,
Crésen que sian de seis élus.

Erian dignés de la colero ,
Doou Seignour qu'avian outragea ;
Maï foou que Diou siégu'un bouan pero ,
Puisque senso l'estr'ooubligea ,
Nous a tiras de la misero ,
Lorsqu'oourié pouscut sé vengea.

Lou Bouan Diou nous sollicitavo ,
Despui que serian esgaras :
Coum'un bouan Pastre s'empressavo ,
Per nous ramena din soun jas :
Ouu maï fugian , oou maï cercavo ,
A la fin nous a ramenas.

Li deven nouastro delivranço,
Es l'effet de soun pur amour :
Meritavian que sa vengeanço ,
Si nous fa graci , es per favour :
Puisqu'en amour Diou nous devanço,
Foou que l'eimen à nouastré tour.

De peccas et de repentenci ;
Noun faïré qu'un flux et reflux ,
Hormis d'uno gross'ignourenci ,
L'on vés qué noun es qu'un abns :
Maï per faïré ben pénitenci ,
Foou que jamaï l'oouffensen plus.

Éviten dounc l'ingratitudo ,
Brulen tous de l'amour divin ,
Que gis de marrid'habitudo ,
Nous tiré plus doou bouan camin :
Preguen Diou qu'émé soun ajudo ,
Perseveren jusqu'à la fin.

O moun Diou ténes nous en brido
Ooutramen vous trahiren tous :
Fes que menen un'aoutro vido ,
Qu'anen oou camin de la Croux :
Et douna nous sur tout un guido ,
Que nous counduisé drech à vous.

TABLE.

Cantiques Français.

Cantiques Provençaux.

Toulon.— Imp, de F.MONGE et Cᵉ, rue de la Miséricorde, 6.

www.ingramcontent.com/pod-product-compliance
Lightning Source LLC
Chambersburg PA
CBHW060821180626
46818CB00002B/910